CHAPITRE 1
Un café avec vue sur l'océan...
喫茶
VOUS ÊTES DÉTERMINÉ À VENIR OBSERVER L'ENNEMI TOUS LES JOURS, HEIN ?
OUI.
C'EST PAS COMME SI JE DÉCOUVRAIS DES INFORMATIONS PARTICULIÈREMENT UTILES.
DÉSOLÉ QUE MON ÉTABLISSE-MENT...
NE VOUS SOIT PAS UTILE...
Hein ?
C'EST PAS CE QUE JE VOULAIS DIRE.

TSK...!
EST-CE QUE VOUS VENEZ DE FAIRE CE BRUIT ENVERS UN CLIENT QUI PAYE SA NOTE ?
ET VOILÀ QUE VOUS REMETTEZ ÇA, VOUS DEUX.
DÉSOLÉ DU DÉRANGEMENT.
PAS DE SOUCI, C'EST AMUSANT.
VOUS VOYEZ ? IL A DIT QU'ON ÉTAIT AMUSANTS.
ÉNERVANTS, PLUTÔT.
VERSE
CLING
ET VOILÀ.
HEIN ?
J'AI MÊME PAS COMMANDÉ, MAIS VOUS VOUS ÊTES SOUVENU DE CE QUE JE PRENAIS D'HABITUDE.
Ah !

ET BIEN, JE ME DISAIS QUE JE PRENDRAIS BIEN DU THÉ AUJOURD'HUI.
QUOI ?
MINCE.
ÇA SE PASSE TOUJOURS COMME ÇA...
UN GARÇON DE CAFÉ DEVRAIT TOUJOURS RETENIR...
CE QU'AIMENT SES CLIENTS.
AH OUAIS ?
JE PLAISANTE.
Mer-ci.
GRRR
ぎりぎり
La raison pour laquelle...
GRRR
J'en veux à ce client en particulier...
C'est parce que ce n'est pas juste un simple client.

J'ai repris cette boutique quand mon père a pris sa retraite, même si je ne me voyais pas faire ça.
Mais maintenant, il y a un bruit qui court...
Concernant un plan de réaménagement de cette zone.
S'ILS FORCENT TOUS LES COMMERCES DE LA RUE À FERMER BOUTIQUE ...
QU'EST-CE QUI VA NOUS ARRIVER ?
FROTTE
きゅ
FROTTE
きゅ
DING
SALUT, NATSUKI.
BONJOUR.
Oh.
MR LE JOLI GARÇON EST ENCORE LÀ.
OUI...
Et il se trouve...
Que c'est lui qui est à l'origine de ce projet.

PEUT ÊTRE QUE LES AGENTS IMMOBILIERS ONT BEAUCOUP DE TEMPS LIBRE ?
VOYEZ-VOUS ÇA ?
IL FAUT QUE JE RETOURNE AU BUREAU...
CLING
MON TEMPS EST TRÈS PRÉCIEUX, APRÈS TOUT.
JE N'AVAIS PAS RÉALISÉ QU'IL ÉTAIT SI TARD.
SST

ndt : omurice = omelette à la japonaise, posée sur un lit de riz.

J'aimerais qu'il s'en lasse, de mes omurice.
ENCORE MERCI.
DING
MÊME MOI, JE NE POURRAIS PAS EN MANGER TOUS LES JOURS.
C'EST QUOI SON PROBLÈME ?
IL EST TOUJOURS LÀ À ME CHERCHER...
DEMAIN, JE NE LUI SERVIRAI PAS DE CAFÉ...

ME REVOILÀ.
HEY.
AKUTSU...
TU ÉTAIS ENCORE EN CENTRE-VILLE ?
C'EST BIEN ÇA.
...NE CAUSE PAS DE PROBLÈMES.
À MOINS QUE TU AIES TROUVÉ QUELQU'UN QUI SOUTENAIT LES ÉVICTIONS ?
...JE VAIS JUSTE LÀ-BAS POUR MANGER.
PEUT-ÊTRE QUE TU PENSES ÇA, MAIS CE N'EST PAS LE CAS DE TOUT LE MONDE.
MOUI.
Je ferai attention.

QU'EST-CE QU'IL A, MR TAJIMA ?
IL EST CONSTAMMENT SUR TON DOS.
FOUILLE
FOUILLE
BEN, JE M'INTER-ROGERAIS AUSSI...
À PROPOS D'UN TYPE QUI VA MANGER...
CRIC
DANS UN ENDROIT AVEC LEQUEL IL EST EN PLEINE NÉGOCIATION.
BON, ALORS, QU'EST-CE QUI SE PASSE ?
Y'A UNE BELLE PLANTE QUI T'A TAPÉ DANS L'OEIL ?
C'EST ÇA. ET JE NE PEUX PLUS RIEN VOIR D'AUTRE.
TU NE VAS PAS ME DIRE QUE C'EST UN CHATON TOUT MIGNON OU UN TRUC DANS LE GENRE, HEIN ?
HÉ HÉ
OUI, VOILÀ, C'EST UN CHATON.
T'ES SÉRIEUX ?
QUOI QU'IL EN SOIT, IL FAUT QUE TU T'ENTENDES BIEN AVEC LE PATRON.
T'ES CENSÉ RENCONTRER UN CLIENT AUTOUR D'UN VERRE AVEC LUI CE SOIR, TU TE SOUVIENS ?

PFFF...
ON ÉTAIT DANS UN BAR.
JE PENSAIS PAS QU'ILS PARLERAIENT BOULOT TOUTE LA SOIRÉE.
HA HA...
C'EST BIEN QU'ILS SOIENT SÉRIEUX.
JE RENTRE EN TAXI.
ET TOI ?
JE CROIS QUE...

C'était qui je pense que c'était ?
JE RENTRE EN MÉTRO...
ET LA STATION EST DE CE CÔTÉ-LÀ.
OUPS.
BEN QUOI ?
DU COUP...
J'TE DIS À DEMAIN.
OK, BONNE NUIT.
FILE

SOUPIRE
TOUT VA BIEN.
BOBOM
BOBOM
JE VAIS JUSTE JETER UN OEIL À L'INTÉRIEUR.
CRR
CLANG
HEIN ?
!
SURSAUTE
QU'EST-CE QUE TU FAIS ?
OH, EUH... JE ME SUIS TROMPÉ D'ADRESSE...

BAH, PUISQUE T'ES LÀ, AUTANT QUE TU JETTES UN OEIL.
NON, JE...
JE PENSE QUE TU VAS TE PLAIRE, ICI.
ATTRAPE
HEIN...?
BOUM
C'EST BRUYANT !
BOUM
BOUM
ATTENDS UN PEU...
HÉ !
AR-RÊTE...!
TE VOILÀ.

!?
JE T'AVAIS DIT DE M'ATTENDRE
GLISSE
!?
Oh !
AKUTSU...!?
TANT PIS.
JE SUPPOSE QUE T'ES DÉJÀ PRIS.
CLAC
......

ME... MERCI.
OUF...
C'EST GÊNANT...
C'EST MARRANT DE TOMBER SUR TOI ICI.
TU TE RENDS COMPTE DE QUEL GENRE D'ENDROIT C'EST ?
...AH OUI ?
Je...
JE SERAIS PAS LÀ SI C'ÉTAIT PAS LE CAS.
JE SAVAIS PAS QUE TU ÉTAIS UN HABITUÉ.
C'EST LA PREMIÈRE FOIS QUE JE VIENS.
...ET TOI ?
CLUB BANG
BEN, TU SAIS...
JE VAIS DANS PLEIN D'ENDROITS...
DANS LE CADRE DE MON TRAVAIL.

TU VEUX QUE J'ENTRE AVEC TOI, SI T'AS PEUR ?
TREMBLE
VIENS.
!
SURSAUTE
...J'AI DIT QUE ÇA ALLAIT !
HAA
HAA
LAISSE TOMBER...
......!
BON SANG, JE SUIS PATHÉ-TIQUE...

SOUPIRE
SÉRIEUX, MEC.
T'ES TROP VULNÉRABLE.
J'AI UN NOM, TU SAIS.
ET C'EST QUOI ?
...NATSUKI.
ÉCOUTE-MOI, NATSUKI.
BOUM
TU L'AS BIEN VU AVEC CE TYPE.
LES HABITUÉS D'ICI SAVENT DISCERNER...
SI TU AS DE L'EXPÉRIENCE DANS LE DOMAINE OU PAS.

IL S'APPRÊTAIT PROBABLEMENT À TE FORCER...
À FAIRE CE QU'IL ATTENDAIT DE TOI.
JE SAIS BIEN...
MAIS ...
DÉCOURAGÉ
J'ÉTAIS CENSÉ FAIRE QUOI..?
TU VOULAIS ESSAYER DES TRUCS NOUVEAUX ?
......
Merde...
Il lit en moi comme dans un livre ouvert...
BON, D'ACCORD.

QU'EST-CE QUE TU DIRAIS DE SE TROUVER UN PETIT ENDROIT TRANQUILLE, TOUS LES DEUX ?
T'ÉTAIS ASSEZ DÉTERMINÉ POUR VENIR JUSQU'À CE BAR.
BOBOM
HEIN !?
MAIS T'ÉTAIS INQUIET, PAS VRAI ?
POURQUOI NE PAS ESSAYER AVEC QUELQU'UN QUE TU CONNAIS... COMME MOI, PAR EXEMPLE ?
...QU'EST-CE QUE TU CHERCHES À FAIRE ?
HU HU
C'EST PAS UN PIÈGE.
MOI AUSSI JE VEUX SAVOIR CE QUE ÇA DONNE AVEC UN AUTRE MEC.
AGITÉ
Bordel, mais qu'est-ce qui se passe ?
Après, il va venir me voir, genre...
ABANDONNE TA BOUTIQUE OU JE RÉVÈLE TON SECRET À TOUT LE MONDE.
HÉ HÉ
Ou une autre menace dans le même style...!?

JE ME DOUTAIS QUE TU TE MÉFIERAIS, VU QU'ON EST EN CONFLIT TOUS LES DEUX.
Y'A... Y'A DE ÇA, OUI...
HEIN ?
JE N'AVAIS MÊME PAS IMAGINÉ FAIRE ÇA AVEC LUI...
DANS LE PIRE DES CAS...
TU POURRAIS JUSTE DIRE QUE JE T'AI FORCÉ LA MAIN.
TU ME PRENDS POUR UN LÂCHE OU QUOI ?
T'AS D'AUTRES INQUIÉTUDES ?
......
ÇA VEUT DIRE QUE T'ES D'ACCORD ?

......!
Si je fais demi-tour maintenant...
Il se pourrait que je n'aie pas d'autre occasion comme celle-ci...
En fait...
On dirait que j'avais besoin de quelqu'un pour me forcer la main comme ça.
CE SERA NOTRE PETIT SECRET...
JUSQU'À CE QU'ON EN DÉCIDE TOUS LES DEUX AUTREMENT.

CLAC
BON, DU COUP...
JUSQU'OÙ EST-CE QU'ON VA ALLER ?
CLAC
AUSSI LOIN QUE TU VOUDRAS.
!
SURSAUTE
SST
NON, ON S'EMBRASSE PAS.
FWIP
T'AIMES PAS ÇA ?

C'EST-C'EST BIZARRE..
DANS NOTRE SITUATION..
HMM.
T'ES SÉRIEUX, COMME GARÇON.
SUCE
SUCE
......
LÈCHE
SUCE
Euh...
AKUTSU..
BISOU
HMM ?

ROULE
ÇA CHATOUILLE …
ÇA T'EXCITE PAS ?
FROTTE
FROTTE
NON, ÇA ME CHATOUILLE JUSTE !
NATSUKI…
NE ME DIS PAS QUE C'EST LA PREMIÈRE FOIS QUE TU FAIS L'AMOUR ?
BIEN SÛR QUE NON.
imbécile…
MAIS ÇA NE T'A PAS PLU AVEC UNE FEMME ?
C'EST PAS IMPORTANT, SI…?

ATTRAPE
!
QU'EST-CE QUE..?
ON PEUT SE CONTENTER D'UTILISER JUSTE NOS MAINS POUR CETTE FOIS.
COMMENT ÇA «POUR CETTE FOIS» ?
GLISSE
AH !!
SURSAUTE
......!
Y'A UNE RÉACTION.
AH...!
TREMBLE
HA HA
N-NE TE CONTENTE PAS DE JUSTE ME TOUCHER...

MAIS REGARDE, TU COMMENCES À BANDER.
POUIC POUIC
AH, AH !
GNN...!
AH !
A-ARRÊTE...
SHLP
AH !
SHLP
SHLP
SHLP
AT-TENDS.
JE...
JE VAIS JOUIR...
HAA
HAA
FRISSONNE
OK.
TU PEUX PRENDRE LE RELAIS.
HAA

POSE TES MAINS DERRIÈRE TOI...
HAA...
MAIS QU'EST-CE QUE...?
HAA
TREMBLE
......!
CRIIIC
......!
AH !
NGH...
REMUE
QU'EST-CE QUI SE PASSE...?
REMUE
FROTTE
SE FROT-TER À LUI...
NH !
FLAP
C'EST SI BON...
......!
HAA
TREMBLE
OUI, COMME ÇA.

REGARDE
EST-CE QUE LUI AUSSI AIME ÇA...?
HÉ HÉ
...!?
ROUGIT
IL EST TOTALEMENT CALME.
QUEL SALIGAUD.
SERRE
EST-CE QUE JE SUIS LE SEUL QUE ÇA EXCITE ?
HA...
J'ABAN-DONNE...
?
J'AIME PAS ÇA.

JE VEUX PAS JOUIR.
HEIN ?
AH !
AH !
T'ES À DEUX DOIGTS D'EXPLOSER POURTANT.
JE T'AI DIT D'ARRÊTER...
STOP...!
FROTTE
FROTTE
NH...
NON...
FRISSON
SHLIP
SHLIP
MN !
AH...
MERDE...
JE VAIS JOUIR...
D'UN INSTANT À L'AUTRE.
HAA
!?

C'EST VRAI...?
BOBOM
ドキ
BOBOM
ドキ
BISOU
BISOU
......!
ATTRAPE
!
HAA
FRISSON
ALLEZ.
JOUIS-SONS EN MÊME TEMPS.
HEIN...?
FRÉMIT
......!

AH !
AH !
JE VAIS...
DOUCEMENT...
SHLP
SHLP
SHLP
AH !
AH.
SQSH
SQSH
SLCH
AH !
AH ! OH NON.
TREMBLE
HAA
JE VAIS JOUIR ...
HAA
AH.
AH !
AH !
BOBOM
......!
BOBOM

FSSSHHH
シャアア
FSSSHHH
シャアア
Qu'est-ce qui... Ne va pas chez moi ?
Comment est-ce que j'ai pu...
Coucher avec l'ennemi ...?
NGH
C'EST LA MÊME CHOSE POUR LUI, CELA DIT.
MAIS BON.
SERRE
C'ÉTAIT JUSTE PAR CURIOSITÉ.
Ça ne débouchera pas sur quelque chose de sérieux.

JE PENSAIS PAS ÊTRE À COURT DE SUCRE !
JE DEVRAIS POUVOIR TENIR DEUX OU TROIS JOURS AVEC ÇA.
Et j'en ai commandé encore plus.
A-AAH !
!
CE COUPLE LÀ-BAS...
ELLE DOIT ÊTRE ENCORE FROIDE.
Ha ha ha.
Elle est gelée !
CHAPITRE 2
FCHH
......
Je suis sorti avec des filles.

Mais il y avait toujours ...
Quelque chose qui n'allait pas.
OUAH
C'est ton petit ami ?
BROU HAHA
T'es super mignon !
T'es manne-quin !?
La chance !
HA HA
......
Natsuki, est-ce que tu as un problème avec moi...?
Hein ?
Ben... Tu n'as jamais essayé ne serait-ce que de prendre ma main...
Oh...
Désolé.
Je pense qu'on ferait mieux de rompre...
Je la trouvais gentille.
Mais je n'ai jamais même pensé à la toucher.

Depuis...
Je me suis demandé si, par hasard... Je n'étais juste pas interessé par les filles.
J'appréciais aussi le fait d'être avec mes amis mecs, mais je ne ressentais rien de plus.
Je pensais que l'amour, c'était différent.
Que c'était censé exciter au point qu'on ne pouvait pas s'empêcher de toucher l'autre.
Si c'est bien ça l'amour...
Alors je n'ai aucune expérience dans le domaine.
Même maintenant que j'ai un peu vieilli...
Et que j'ai repris le commerce de mon père...

JE PEUX ME JOINDRE À TOI ?
AKUTSU ?
QU'EST-CE QUE TU FAIS ICI ?
JE… JE RENTRAIS APRÈS AVOIR FAIT MES COURSES.
NE ME FAIS PAS PEUR COMME ÇA.
JE T'AI DIT BONJOUR IL Y A UNE SECONDE.
AH BON ?
J'IMAGINE QUE TU NE M'AS PAS ENTENDU.

C'EST VRAI QUE JE L'AI DIT D'ASSEZ LOIN AUSSI.
...ET TU M'AS RECONNU ?
OUI, GRÂCE À TES BEAUX CHEVEUX.
...MERCI.
SE RETOURNE
TOUJOURS AUSSI DISTANT, HEIN ?
IL AGIT ENCORE COMME SI DE RIEN N'ÉTAIT...
APRÈS TOUT CE QUI S'EST PASSÉ ENTRE NOUS ?
HÉ !
ARRÊTE DE ME SUIVRE
J'ALLAIS AUSSI DANS CETTE DIRECTION.
DING
SALUT.
JE SUIS DE RETOUR.

OH !
BONJOUR AKUTSU.
MERCI DE M'AVOIR REMPLACÉ, PAPA.
HÉ HÉ
JUSTEMENT, ON PARLAIT DE VOUS.
.....?
J'ÉTAIS EN TRAIN DE LUI DIRE À QUEL POINT VOUS ÉTIEZ PROCHES, TOUS LES DEUX.
T'AVAIS RAISON.
ILS SONT MÊME RENTRÉS ENSEMBLE.
C'EST PAS ÇA...!
JE SUIS JUSTE TOMBÉ SUR LUI SUR LE CHEMIN...!
ARRÊTE DE MENTIR, T'ÉTAIS SORTI POUR PARTIR À MA RECHERCHE, C'EST ÇA ?
HA HA
JE PRENDRAI LA MÊME CHOSE QUE D'HABITUDE.
CLAC
コッ.

CRIIIII
BORDEL...
IL N'A PAS OUBLIÉ...
Cette nuit-là ?
ROUGIIIT
......!
SOUPIRE
ÇA N'APPORTERA RIEN DE BON DE SE PRENDRE LA TÊTE À PROPOS DE ÇA.
J'Y VAIS, NATSUKI.
N'OUBLIE PAS DE VÉRIFIER LE STOCK.
PFF...
J'Y FERAI PLUS ATTENTION, MAINTENANT.

CLAC
OH, ENCORE UNE FOIS, IL N'Y A PLUS QUE MOI.
TAP
TU VENAIS JUSTE ICI, COMME D'HABITUDE ?
OUI, ET ALORS ?
TAP
ET TU VAS CONTINUER À VENIR ICI ?
CRIIIC
J'EN AI BIEN L'INTENTION.
......
JE VOUDRAIS TE DIRE UN MOT OU DEUX EN PRIVÉ.
CLING
ON NE PEUT PAS EN DISCUTER ICI ?
NAN.

Je ne pense pas...
que j'arriverai à rester aussi calme que lui.
IL FAUT QUE CE SOIT QUELQUE PART OÙ PERSONNE NE PEUT NOUS ENTENDRE ...
DING
!
BONJOUR.
FWIP
NATSUKI..
JE SUIS DISPONIBLE CE SOIR.

JE ME DEMANDE CE QU'IL COMPTE FAIRE...
C'EST GÉNIAL, MR TAJIMA !
CLIC
J'ARRIVE PAS À CROIRE QUE VOUS AYEZ RÉUSSI À VENDRE CE TERRAIN !
CLIC
......
C'est rien.
L'ASSOCIATION DES RIVERAINS ET MOI AVONS PU ARRIVER À UN... ACCORD, DISONS.
VOUS N'AVEZ RIEN FAIT DE LOUCHE, N'EST-CE PAS ?
CLIC
OH, JE N'Y PENSERAIS MÊME PAS !
MAIS UN MARCHÉ EST UN MARCHÉ, APRÈS TOUT, PAS VRAI ?
Ha ha ha !
CLIC
CLIC

JE RECONNAIS CETTE TÊTE QUE TU FAIS.
Voilà les dossiers que tu m'as demandés.
J'ÉTAIS DÉJÀ COMME ÇA AVANT QUE TU ARRIVES.
TU SAIS PAS MENTIR, DÉCIDÉMENT.
CE BOULOT ME FAIT DES DÉGÂTS PSYCHIQUES À MOI AUSSI.
CRIII
DES QUOI PSYCHIQUES ?
CLIC
CLIC
ALLONS AU KARAOKÉ, CE SOIR.
DÉSOLÉ, J'AI DÉJÀ QUELQUE CHOSE DE PRÉVU.
oh.
QUELQU'UN M'A DEVANCÉ ?
C'EST SIMPLEMENT... POUR UNE NÉGOCIATION.
QUEL BOURREAU DE TRAVAIL !

CLANG
かたん
BON.
TOUT EST PRÊT POUR DEMAIN.
CLIC
FCHHH
ザザ
EST-CE QU'IL VA VRAIMENT VENIR...?
CLAC
POURQUOI JE SUIS AUSSI NERVEUX ?
JE L'AI INVITÉ À VENIR...
ET MAINTENANT ?
Je me fais toujours mener par le bout du nez quand je suis face à lui.

Comme cette nuit-là...
JE NE SAVAIS PAS QUE JE POUVAIS AVOIR DES RELATIONS SEXUELLES SANS AMOUR.
Hmm ?
NON, JE NE SUIS PAS AUSSI FLEXIBLE QUE ÇA...
Attends un peu...
Il m'a même dit de faire à attention pour ne pas me faire manipuler...
Il a dit qu'il allait continuer de venir au café...
Il faut que je dissipe tout malentendu.
A quoi il pense...?
Après tout, peut-être qu'il n'y pense pas...
DING DONG

CLAC
SALUT.
LE CAFÉ ÉTAIT FERMÉ, DONC J'AI FAIT LE TOUR.
Ouais.
ÇA IRA TRÈS BIEN ICI.
CA NE TE DÉRANGE PAS QUE JE VIENNE CHEZ TOI COMME ÇA ?
ICI, ON PEUT DISCUTER SANS QUE QUELQU'UN NOUS VOIE.
T'ES VRAIMENT VENU, QUAND MÊME.
QUI AURAIT PU RÉSISTER À UNE INVITATION À UN RENDEZ-VOUS NOCTURNE SECRET ?
DIS PAS ÇA.
TAP
TAP

TU VIS SEUL ICI ?
OUI.
IL N'Y A QUE MOI, MES PARENTS HABITENT PAS LOIN.
......
QU'EST-CE QU'IL Y A ?
JE ME DISAIS JUSTE QUE VOUS DEVIEZ ÊTRE PROCHES.
HMM ? ET BIEN...
JE SUPPOSE QU'ON PEUT DIRE ÇA, OUI.
ZIEUTE
AH OUI, ON PEUT CARRÉMENT DIRE ÇA !
LAISSE TOMBER, TU VEUX ?

JE T'AI AMENÉ UN PETIT QUELQUE CHOSE...
FRR
EN REMERCIEMENT DE CETTE INVITATION TRÈS SPÉCIALE.
JE T'AI DÉJÀ DIT QUE C'ÉTAIT PAS CE GENRE D'INVITATION...
...MAIS MERCI.
Ouah.
C'EST DU BON DIS DONC.
JE SUPPOSE QU'UN PETIT VERRE NE PEUT PAS FAIRE DE MAL.
OUVRONS DONC CETTE BOUTEILLE.
TAP
TAP
POF
Oh.
INSTALLE-TOI.

TU VEUX QUE JE L'OUVRE ?
EUH...
NON, C'EST BON...
ON DIRAIT QUE T'ES QUELQU'UN D'AUTRE, QUAND IL FAIT NUIT.
AH !
SURSAUTE
GLOU
GLOU
IL NE FAUT PAS QUE JE ME LAISSE EMPORTER.
J'ai quelque chose à dire !
POC
À PROPOS DE CETTE NUIT-LÀ..!

EUH...
TU AS RÉALISÉ QUELQUE CHOSE ?
TU T'ES SOUVENU...
BIEN SÛR.
T'AS CRU QUE JE TENAIS PAS L'ALCOOL OU QUOI ?
Et bien...
JE... J'APPRÉCIE LE FAIT...
QUE TU M'AIES LAISSÉ...
EXPÉRIMENTER AVEC TOI.
MAIS DE RIEN.
ALORS ? T'AS PAS DÉTESTÉ ÇA, PAS VRAI ?
C'était pas mal...
REMUE
REMUE

......
DU COUP... TU AS AIMÉ ?
O... OUI.
PEUT-ÊTRE BIEN... QUE OUI.
HMM...?
OH...
MAIS MÊME SI ÇA S'ÉTAIT MAL PASSÉ AVEC UNE FILLE...
EUH...
JE VOULAIS DIRE... EUH...!
ÉCOUTE...
C'ÉTAIT LA PREMIÈRE FOIS POUR MOI...
AVEC UN HOMME.
PEUT-ÊTRE QUE ÇA AURAIT ÉTÉ PAREIL AVEC N'IMPORTE QUEL AUTRE HOMME...!
ATTRAPE

ALORS TU PEUX AUSSI ME CHOISIR MOI, N'EST-CE PAS ?

QU'EST-CE QUE TU RACONTES ...?
ÇA VEUT DIRE NON ?
OH.
C'EST PAS ÇA...
MAIS TU SAIS QUEL TRAVAIL ON FAIT, CHACUN, NON ?
TU N'AIMES PAS MON TRAVAIL ?
ATTENDS...
JE NE VOULAIS PAS PARLER DE ÇA...
Pourquoi est-ce que je n'arrive pas à exprimer ce que je ressens...
Quand on est seuls tous les deux ?
D-DÉSOLÉ !
C'EST PAS CE QUE JE VOULAIS DIRE.
CLAP

OUAH !
FROTTE
TU L'AS MAL PRIS ?
FROTTE
JE TE TAQUINE...
Hmm ?
POURQUOI EST-CE QUE TU ME MOQUES TOUJOURS DE MOI ?
s'énerve tout à coup
J'AI PRIS L'HABITUDE À FORCE DE LE FAIRE AU CAFÉ.
SOUPIR
C'EST MOI QUI SUIS ENCORE TROP SUSCEPTIBLE ?
TAP
TAP
HÉ, NATSUKI.
EXCUSE MOI.

SI J'ÉTAIS À TA PLACE...
JE M'EN VOUDRAIS PROBABLEMENT AUSSI.
MAIS JE SUIS HEUREUX QUE TU M'AIES INVITÉ À VENIR ICI.
VRAIMENT, J'AIME DISCUTER AVEC TOI.
POURQUOI EST-CE QU'ON NE LAISSERAIT PAS NOS BOULOTS DERRIÈRE NOUS, LE SOIR...
TOUCHE
ET QU'ON SE CONTENTAIT DE FAIRE SIMPLEMENT...
CE QU'ON A ENVIE DE FAIRE ?
OUAH !
TIRE
!

GRR
......
CE SERAIT PAS MIEUX ?
HÉ HÉ

Hé...
IL FAIT PLUTÔT SOMBRE, ICI, NON ?
ON PEUT ALLER DANS UN ENDROIT MIEUX ÉCLAIRÉ SI TU VEUX.
...NON, ÇA IRA.
BOBOM
FIXE
À QUOI IL PENSE...?
C'était quoi ?
Cette sensation ?
ON NE S'EMBRASSE PAS CE SOIR NON PLUS ?

......
BIEN SÛR QUE NON.
DIS MOI, TU AS DÉJÀ EMBRASSÉ QUELQU'UN..?
U OUI.
MAIS..
ÇA NE M'A... RIEN FAIT.
ET SI JE TE PROPOSAIS DE M'EMBRASSER..
MAIS QUE JE TE VOLAIS CE BAISER SANS MÊME ATTENDRE DE RÉPONSE ?
Hê hê...
TU N'OSERAIS JAMAIS.
T'ES PAS COMME ÇA.
PFF !
..QU'EST-CE QUE TU SAIS DE MOI ?
GLISSE

......!
ÇA CHATOUILLE...
SLURP
HÉ HÉ
LÈCHE
TREMBLE
?
CE... C'ÉTAIT QUOI, ÇA ?
FRÉMIT
?
HEIN...?
SLURP
TREMBLE
!!
AH !
TREMBLE
SLURP
SLURP

AH !
GLISSE
TES RÉACTIONS SONT TELLEMENT MIGNONNES.
AH !
Je me sens bizarre...
FROTTE
J'ARRIVE PAS À M'EN PASSER.
FLAP
AH...
HF.
BOBOM

HÉ...!
CLING
カチャ
CLING
カチャ
SHWING
......!
REGARDE MOI ÇA...
HAA
LA... FERME.
MOI NON PLUS JE NE COMPRENDS PAS...
PLIC
NE T'INQUIÈTE PAS, MOI AUSSI JE SUIS DANS LE MÊME ÉTAT.
TREMBLE
CLING
......!
GLISSE
SA BITE...
EST SI CHAUDE ...!
AH !
AH !
HAA

AH !
PAF
PAF
Merde...
AH !
C'est si bon...
HAA
AH.
SLCH
SLCH
HAA
AH !
TREMBLE
FRISSON
EST-CE QUE CE SERA ENCORE MEILLEUR...
UNE FOIS À L'INTÉRIEUR DE MOI..?
SOULÈVE
AH !

AH..!
TREMBLE
びくっ
TREMBLE
びくっ
AH...
SLCH
SLCH
......
AH...
MN.
...SI C'EST SI BON QUE ÇA...
HAA
HAA
POURQUOI EST-CE QUE TU NE ME CHOISIS PAS..?
HF...
ENCORE AVEC ÇA..?

NE ME DIS PAS...
QUE N'IMPORTE QUEL MEC FERAIT L'AFFAIRE...
HEIN...?
PENCHE

AH...
IL VA M'EMBRAS-SER...
SERRE
ぎゅ…
!!
BOBOM
ドキ
BOBOM
ドキ
......
BOBOM
ドキ
BOBOM
ドキ

Je vais nettoyer la serviette.
M-merci...
Tap
コッ
Soupir
Je sens encore mon cœur battre la chamade.
......
Bobom
ドキ
ドキ
Bobom
Qu'est-ce que je vais faire ?
Si on continue comme ça...
Ping
Hmm ?
C'est son téléphone ?
20:55
Vendredi 28 Juin
À l'instant
Toujours en pleines négociations ?
Comment ça s'est passé ? (^^)

Euh...
C'EST BIEN QUE VOUS RÉNOVIEZ LA ZONE PRÈS DE LA GARE.
Ville d'Osawa Projet de réaménagement Mairie
MAIS NOTRE RUE COMMERÇANTE BÉNÉFICIE D'UNE VUE SUR LA MER. VOUS NE POURRIEZ PAS LA LAISSER TELLE QUELLE ?
NOTRE AMBITION, C'EST DE CONSERVER CETTE ATMOSPHÈRE...
TOUT EN ÉLARGISSANT LES TROTTOIRS POUR PERMETTRE D'ATTIRER DES CLIENTS POTENTIELS VENUS DE LA GARE...
......
EST-CE QUE LA VUE SUR LA PLAGE NE SUFFIT PAS POUR ÇA ?
GRR...
......
CHAPITRE 3

T'AS L'AIR VRAIMENT CONCENTRÉ AUJOURD'HUI.
O-OH, OUI.
AH
は
C'EST VRAI QUE, QUAND MÊME, ÇA DOIT ÊTRE DIFFICILE POUR TOI.
UN PROJET DE RÉAMÉNAGEMENT PILE APRÈS QUE TU AIES REPRIS L'ÉTABLISSEMENT DE TON PÈRE ?
C'EST PAREIL POUR TOI, TETSUO.
TU TE PRÉPARAIS À REPRENDRE LE RESTO DE SUSHIS DE TON PÈRE DEPUIS L'ÉCOLE PRIMAIRE.
Ben...
SI ÇA PEUT ATTIRER UNE CLIENTÈLE PLUS JEUNE...
PEUT-ÊTRE QUE REMETTRE UNE COUCHE DE PEINTURE FRAICHE SUR TOUT ÇA NE SERAIT PAS SI MAL.
HEIN ?
J'VEUX DIRE, Y'A UNE DIFFÉRENCE D'ÂGE ENTRE NOUS DEUX ET LES AUTRES GENS ICI.
MAIS JE PEUX COMPRENDRE QU'ILS SOIENT CONTRE, CELA DIT.

TON CAFÉ A UNE BELLE TOUCHE RÉTRO.
TU AURAIS PROBABLEMENT PLUS DE CLIENTS SI TU FAISAIS TA PROMO SUR LES RÉSEAUX SOCIAUX...
SOUPIRE
CE SERAIT SYMPA S'ILS POUVAIENT TROUVER UN COMPROMIS ENTRE BÂTIMENTS MODERNES ET ESTHÉTIQUE TRADITIONNELLE.
TU AS BEAUCOUP RÉFLÉCHI AU SUJET...
...ET PAS TOI ? JE PENSAIS QUE C'ÉTAIT POUR ÇA QUE TU ÉTAIS SI ATTENTIF.
Hein ?
U
NGH...
C'EST VRAI, JE SUIS VENU À CETTE RÉUNION À LA MAIRIE.
À QUOI JE PENSAIS...?
!
!

......
CE TYPE, LÀ BAS... IL S'APPELLE AKUTSU, C'EST ÇA ?
HEIN !?
!
IL VIENT TOUJOURS DANS TON CAFÉ ?
ET BIEN, ON DIRAIT QU'IL NE S'EN EST PAS ENCORE LASSÉ...
POURQUOI ? ..IL S'EST PASSÉ QUELQUE CHOSE ENTRE LUI ET LES AUTRES COMMERÇANTS ?
PAS PARTICULIÈREMENT.
Je demandais juste comme ça.
C'EST JUSTE QU'IL NE VA PAS DANS LES AUTRES BOUTIQUES, SAUF SI C'EST POUR LE BOULOT.

EN PLUS, TOUT LE MONDE SAIT QUE TU T'ENTENDS BIEN AVEC LUI...
QU'EST-CE QUE TU VEUX DIRE PAR «TU T'ENTENDS BIEN AVEC LUI» ?
C'EST CE QUE DISENT NOS CLIENTS !
DONC MÊME SI ON NE L'ACCUEILLE PAS À BRAS OUVERTS, ON RESTE AGRÉABLES AVEC LUI.
HÉ.
IL FAIT PARTIE DE L'ENTREPRISE QUI ESSAIE DE NOUS EXPULSER.
DONC TU NE T'ENTENDS PAS SI BIEN QUE ÇA AVEC LUI ?
BIEN SÛR QUE NON...
Euh...
Bon, peut-être qu'en fait, dans un sens, on s'entend bien...!!
?

Ahem
DU CALME.
Est ce que je viens... D'accepter cette idée ?
J'ai dû divaguer.
ENFIN, C'EST FINI MAINTENANT.
Toujours en pleines négotiations ? Comment ça s'est passé ? (^^)
J'ai compris le sens de ce message.
J'étais une proie facile, il s'est servi de moi.
Projet de réaménagement de la ville d'Osawa Mairie
SERRE
Ça a dû être du gâteau pour lui de me mener par le bout du nez.
J'ARRIVE PAS À CROIRE QUE J'AIE PU CROIRE QU'IL ÉTAIT SÉRIEUX.
Même si...

ALORS TU PEUX AUSSI ME CHOISIR MOI, N'EST-CE PAS ?
!
!
!
FWIP

TAP
TAP
HÉ, NATSUKI !
TU ÉTAIS ASSIS DANS LE FOND DE LA SALLE, N'EST-CE PAS ?
JE PEUX RÉPONDRE À N'IMPORTE QUELLE QUESTION QUE TU POURRAIS TE POSER.
MERCI BIEN...
MAIS ÇA IRA.
POURQUOI TU ME PARLES COMME SI TU NE ME CONNAISSAIS PAS ?
T'AS PEUR QU'IL Y AIT DES GENS QUI NOUS VOIENT ENSEMBLE ?

ON N'EST QUE DEUX TYPES QUI DISCUTENT DE LA RÉUNION.
Y'A AUCUN MAL À ÇA.
......
NATSUKI ?
J'AI FAIT QUELQUE CHOSE DE MAL ?
NAN..!
TAP
Oh !
......

NATSUKI !
DIS MOI TOUT, MON POTE, QU'EST CE QU'IL Y A ?
ガヤ
BROUHAHA
ガヤ
BROUHAHA
COMMENT ÇA ?
BROUHAHA
ガヤ
ÇA SE VOIT COMME LE NEZ AU MILIEU DE LA FIGURE.
C'EST RARE QUE TU PROPOSES D'ALLER BOIRE UN VERRE...
BROUHAHA
ガヤ
ET T'AVAIS L'AIR BIZARRE PENDANT LA RÉUNION À LA MAIRIE.
Y'A QUELQUE CHOSE QUI TE TRAVAILLE, C'EST ÇA ?
BROUHAHA
ガヤ
IL N'A PAS TORT...
VOYONS VOIR... C'ÉTAIT QUAND ?

ÇA Y EST, JE M'EN SOUVIENS.
TU FAISAIS LA MÊME TÊTE QUAND UNE FILLE T'A DIT QU'ELLE T'AIMAIT, À L'ÉPOQUE DU LYCÉE.
NE REMETS PAS ÇA SUR LE TAPIS !!
T'ARRÊTAIS PAS DE TE PRENDRE LA TÊTE, À TE DIRE QUE TU L'AIMAIS, MAIS PAS VRAIMENT EN FAIT, ETC...
TOUS LES JOURS, T'ARRIVAIS EN AYANT L'AIR ÉPUISÉ.
DU COUP, JE ME SUIS DIT QUE ÇA DEVAIT CONCERNER UNE AFFAIRE DE CŒUR, VU QUE T'AS JAMAIS ÉTÉ DOUÉ AVEC TOUT ÇA !
OH, MISÈRE..
BON, ALLEZ !
JE VAIS BOIRE JUSQU'À CE QUE J'AIE RÉCUPÉRÉ TOUTE MON ÉNERGIE.
GLOU
Oh.
VOILÀ ! C'EST ÇA L'ESPRIT !!
......
HA HA HA

NGH...
TITUBE
ふら
ふら...
BORDEL, TETSUO... Y'A DES LIMITES À LA BOISSON, QUAND MÊME...
ENFIN...
IL ESSAYAIT JUSTE DE ME REMONTER LE MORAL À SA FAÇON.
T'es sûr que ça ira ?
Mais oui !
JE VAIS ESSAYER DE PRENDRE UN PEU L'AIR POUR DESSAOULER UN PEU...
FRR
ザァ
...
SOUPIR
JE VOIS.
C'EST DONC ÇA...

JE SUPPOSE QUE J'AI JUSTE PAS DE CHANCE EN AMOUR...
AH
!?
C'ÉTAIT PAS DE L'AMOUR ! C'ÉTAIT RIEN DU TOUT !
REMUE
REMUE
ON A JUSTE VOULU SAVOIR CE QUE ÇA FAISAIT, VOILÀ TOUT...
MAIS QU'EST-CE QUE RACONTE ?
EN PLUS...
POURQUOI JE VOUDRAIS D'UN MEC...
...QUI CHERCHE JUSTE UN PLAN CUL ?

«Ne dis pas...»
«Que n'importe quel mec conviendrait...»
......!
Si c'est si douloureux de tomber amoureux et de devoir oublier l'autre ensuite...
Alors je ne veux plus tomber amoureux du tout...
BORDEL...!
ON DIRAIT QUE TU AS UN PEU TROP BU CE SOIR.

......
TU ME SUIS OU QUOI ?
TAP
HA HA.
TAP
AH OUAIS ?
J'AVOUE QUE JE COMMENCE À ME POSER LA QUESTION MOI-MÊME.
BON, JE FERAIS MIEUX D'Y ALLER...
TITUBE
!

HÉ… ÇA VA ?
BOM
POURQUOI …?
POURQUOI TU DÉBARQUES ICI…
ça tourne !
COMME PAR HASARD…?
J'AVAIS DES TRUCS À FAIRE DANS LE COIN, ET JE PASSAIS SIMPLEMENT PAR ICI.
ET PUIS JE T'AI VU…
POUSSE
HÉ.
TU BOIS TOUJOURS AUTANT ?
C'EST JUSTE UNE COINCIDENCE.

TU N'ES PAS RETOURNÉ DANS CE CLUB, QUAND MÊME ?
NON !
AH
TU CROIS QUE C'EST LA FAUTE À QUI, HEIN...!?
QUOI...?
OH...
DE QUOI TU PARLES ?
Je n'allais pas lui dire quoi que ce soit...

...JE ME DISAIS BIEN QUE TU AVAIS L'AIR BIZARRE.
C'EST À CAUSE DE MOI ?
......!
JE NE VEUX PAS QU'IL PENSE QUE JE PASSE MON TEMPS À ME PLAINDRE.
Bon, inutile de le cacher plus longtemps.
C'est fini, de toute façon...
POF
OUAIS.
JE SUIS CONTENT QUE T'AIES PU T'AMUSER...
POUVOIR MENER...
UN TYPE SANS EXPÉRIENCE COMME MOI...
PAR LE BOUT DU NEZ.

SI SEULEMENT J'AVAIS SUIVI TON PLAN À LA LETTRE...
ÇA AURAIT ÉTÉ LA CERISE SUR LE GÂTEAU, PAS VRAI ?
...MAIS DE QUOI TU PARLES ?
APPROCHE
ARRÊTE ÇA !
PAF
!
T'AS FAIT UNE SEULE ERREUR...

NATSUKI...?
J'AI VU TON TÉLÉPHONE CE SOIR-LÀ...
IL Y AVAIT UNE NOTIFICATION...
ET J'AI VU UN TEXTO DEMANDANT SI TU ÉTAIS «TOUJOURS EN PLEINES NÉGOCIATIONS».
!
OH, CE TRUC-LÀ...
«LAISSONS NOS BOULOTS DERRIÈRE NOUS UNE FOIS LE SOIR VENU», QUE TU DISAIS...
HA
J'AI ÉTÉ CON D'Y CROIRE...
MAIS NOS «NÉGOCIATIONS» SONT TERMINÉES MAINTENANT.
NON.

MAIS TU VAS ARRÊ...
JE NE TE LAISSERAI PAS METTRE FIN À ÇA.
ATTRAPE
!?
AH !
...DÉSOLÉ.
EUH...
TU VEUX BIEN ME LAISSER T'EXPLIQUER ?
SST

CE MESSAGE VENAIT D'UN COLLÈGUE DE TRAVAIL...
C'EST VRAI QUE J'AI DIT EN RIGOLANT QUE JE SORTAIS CE SOIR LÀ POUR DES NÉGOCIATIONS.
MAIS JE NE LUI AI RIEN DIT À PROPOS DE TOI.
SI TU NE VEUX RIEN CROIRE D'AUTRE DE CE QUE JE DIS, CROIS AU MOINS ÇA.
......
C'EST PEUT-ÊTRE DIFFICILE POUR TOI DE ME FAIRE CONFIANCE...
FRRRR
MAIS NATSUKI...

JE NE FERAIS JAMAIS QUELQUE CHOSE D'AUSSI HORRIBLE.
......!
C'E-...
C'EST BON, JE TE CROIS.
DE TOUTE FAÇON, TU NE ME LÂCHERAS PAS JUSQU'À CE QUE JE DISE ÇA.
VRAIMENT ?

OUF...
JE SUIS CONTENT QU'ON AIT PU DISSIPER CE MALENTENDU.
PFF...
JE SAVAIS PAS QUE T'ÉTAIS CAPABLE DE SOURIRE COMME ÇA.
COMME QUOI..?

…JUSTE POUR ÊTRE SÛR, T'ES VRAIMENT PAS RETOURNÉ AU CLUB, HEIN ?
JE SUIS JUSTE SORTI BOIRE DES COUPS AVEC UN ANCIEN CAMARADE DE CLASSE.
POURQUOI TU INSISTES LÀ-DESSUS ?
J'AVAIS PEUR DE NE PAS AVOIR PU TE SATISFAIRE.
DIS PAS DE CONNE-RIES.

...C'ÉTAIT PAS LA PEINE DE ME RACCOMPAGNER CHEZ MOI.
CLAC
J'ÉTAIS INQUIET DE CE QUI AURAIT PU T'ARRIVER SI JE L'AVAIS PAS FAIT.
CRIIII
......
EUH, AKUTSU ?
MERCI.
TU VEUX ENTRER ?

......
NON, PAS CE SOIR.
QUOI ? IL EST PAS D'HUMEUR, POUR UNE FOIS ?
ALLEZ, JE SUIS TOTALEMENT SANS DÉFENSE AUJOURD'HUI.
TU VOIS ?
ATTRAPE
!?
DANS CE CAS...
IL SE POURRAIT QUE JE FASSE QUELQUE CHOSE QU'ON VA REGRETTER TOUS LES DEUX.

QUOI ?
HEIN ?
GLISSE
OUAH !
QUOI ?
HÉ !
ATTENDS.
PAS ICI...!!
JE PLAISANTE.
HÉ HÉ
C'E-...
C'EST PAS DRÔLE...!
SST
...BONNE NUIT.

POF
MON CŒUR BAT LA CHAMADE.
J'ÉTAIS SI BIEN JUSQU'À MAINTENANT.
S'EFFONDRE
Merde... Je ne peux plus me mentir à moi-même à propos de mes sentiments.
MAIS, QUE PENSE AKUTSU DE MOI..?
SI J'AVAIS SU QUE ÇA SE PASSERAIT COMME ÇA...
SERRE
J'AURAIS PAS BU AUTANT.

DRING
Bonjour ...
......
CHAPITRE 4
FLAP
...NATSUKI ÉTAIT BIZARRE, HIER.
ALLEZ, JE SUIS TOTALEMENT SANS DÉFENSE AUJOURD'HUI.
TU VOIS ?
HÉ !
ATTENDS.
HÉ HÉ !
JE NE ME LASSERAI JAMAIS DE LE REGARDER.

LE PROJET DE RÉAMÉNAGEMENT AVANCE BIEN...
Une fois que les choses se seront calmées...
Et qu'on n'aura plus à s'inquiéter pour nos situations...
Je pourrai alors...
HMM ?
QU'EST-CE QUE C'EST..?
EXCU-SEZ-MOI.
OUI ?
JE REVOYAIS LES COMPOSANTS DE NOTRE PLAN DE RÉAMÉNAGE-MENT...
ET J'AI REMARQUÉ UNE ANOMALIE AU NIVEAU DES DONNÉES CONCERNANT LA RÉSISTANCE AUX SÉISMES.
VOUS ÊTES AU COURANT ?
OH... POUR ÇA.

NOUS AVONS DÉCIDÉ DE METTRE EN PLACE CE PROJET CAR LES BÂTIMENTS SE DÉGRADAIENT À CAUSE DE L'USURE, PAS VRAI ?
DANS CE CAS...
IL N'Y A PAS DE RAISON DE S'INQUIÉTER À PROPOS DE ÇA.
CES CHIFFRES-LÀ NE CONCERNENT PAS CETTE ZONE.
MAIS CE DOCUMENT STIPULE...
AKUTSU...
J'AI ENTENDU DIRE QUE TU FRÉQUENTAIS TOUJOURS CETTE RUE COMMERÇANTE.
OUI ?
J'AI BIEN PEUR QU'ON AIT AFFAIRE À UN CONFLIT D'INTÉRÊTS.
PEUT-ÊTRE...
QUE JE FERAIS MIEUX DE TE RETIRER CE PROJET PENDANT QUELQUES TEMPS.

IL S'EST MIS À FAIRE SI CHAUD, CES DERNIERS TEMPS...
MAIS IL FAIT BON LE MATIN, CELÀ DIT.
EXACTEMENT !
AKUTSU, ÇA DOIT ÊTRE DUR POUR TOI DE RÉPONDRE À DES APPELS DE VENTE TOUT LE TEMPS.
AKUTSU ?
DÉSOLÉ, J'ÉTAIS PERDU DANS MES PENSÉES.
MON PAUVRE, C'EST LA CHALEUR QUI TE FAIT ÇA ? TU DEVRAIS FAIRE ATTENTION !

DING
MERCI.
Au revoir !
BON...
AKUTSU EST LE DERNIER CLIENT.
ON EST SEULS...
ドキ
BOBOM
ALLEZ, NE FAIS PAS TON TIMIDE.
SOIS JUSTE NATUREL.
TAP
HMM ?
JE SUPPOSE QUE TU REPRENDRAS UN CAFÉ, N'EST-CE PAS ?

OH ? TU N'AS MÊME PAS FINI CELUI-CI.
DÉSOLÉ.
J'AI LAISSÉ TON CAFÉ REFROIDIR.
JE SUIS LE DERNIER CLIENT QUI RESTE ?
OUI, TOUS LES AUTRES SONT PARTIS.
IL Y A UN PROBLÈME ? TU AS L'AIR AILLEURS.
TU ES MALADE ?
NON, C'EST JUSTE QUE J'AI BEAUCOUP DE CHOSES EN TÊTE.
Hmm...
J-JE SUPPOSE QUE JE PEUX TE PRÊTER UNE OREILLE ATTENTIVE, CE SERAIT LA MOINDRE DES CHOSES.
HÉ HÉ

ET BIEN... C'EST UN GROS PROBLÈME...
MAIS TU NE POURRAIS RIEN FAIRE POUR M'AIDER.
GRR
TU NE LE SAURAS PAS SI TU N'ESSAIES PAS.
TU VOULAIS M'AIDER, PAS VRAI ?
BON, DONNE MOI TES COORDONNÉES, DANS CE CAS.
HEIN ?
B-BON, TRÈS BIEN.
Je suppose que c'est difficile de parler de ce genre de choses en face à face.
ALORS, ÇA C'EST MON NUMÉRO.
......
IL Y A VRAIMENT QUELQUE CHOSE DONT TU VEUX ME PARLER, HEIN ?
MAIS OUI.

...MAINTENANT QUE J'Y PENSE, JE NE CONNAIS MÊME PAS TON PRÉNOM.
C'EST KYOSUKE.
Akutsu
Prénom
Email
KYOSUKE...
TU ME LE DIS ENFIN.
......!
ROUGIT
PAS BESOIN D'ÊTRE SI GÊNÉ.
BEN, T'AS QU'À PAS ME TAQUINER AUTANT !

JE NE TE TAQUINAIS PAS.
QUOI ...?
NATSUKI !
AH
C'EST MON PÈRE.
J'AI RÉCOLTÉ DES LÉGUMES DU JARDIN.
JE VAIS DESCENDRE T'EN APPORTER D'ICI PEU !

MA PAUSE EST BIENTÔT FINIE AUSSI, JE FERAIS MIEUX DE RETOURNER AU BUREAU.
DÉJÀ ?
JE T'APPELLERAI.
NATSUKI...
BOBOM
CLAC
ALORS, COMMENT VONT LES AFFAIRES ?
BIEN, BIEN, LE DERNIER CLIENT VIENT TOUT JUSTE DE PARTIR.
TU AS ENCORE AMENÉ AUTANT DE BASILIC QUE ÇA..?
OUI, IL POUSSE VRAIMENT BIEN.
OH, DES EDAMAMES.

HÉ, TU TE SOUVIENS ?
HMM ?
JE MESURAIS MA TAILLE EN FAISANT DES MARQUES SUR CE PILIER, QUAND J'ÉTAIS PETIT.
MAIS JE ME DEMANDE QUI A FAIT CETTE MARQUE-LÀ.
TU NE T'EN SOUVIENS PAS ?
C'EST AKUTSU QUI L'A FAITE.
HEIN...?

TU VEUX DIRE AKUTSU, DE LA SOCIÉTÉ IMMOBILIÈRE ?
OUI.
IL EST VENU UNE FOIS, IL Y A LONGTEMPS DE CELA.
TU ÉTAIS PETIT, DONC TU NE DOIS PAS T'EN RAPPELER.
M-MAIS, POURQUOI EST-CE QU'IL ÉTAIT VENU !?
JE CROIS QUE C'EST TOI QUI L'AVAIS TRAÎNÉ ICI.
HA HA
JE NE M'EN SOUVIENS PAS.
JE M'EN DOUTAIS.
ÇA M'IMPRESSIONNE QUE TU T'EN SOUVIENNES, PAPA.
EN FAIT, C'EST LUI QUI EST VENU ME TROUVER QUAND ON L'A ASSIGNÉ AU PROJET DE RÉAMÉNAGEMENT.

IL S'EST EXCUSÉ DE REVENIR ME TROUVER DANS DE TELLES CIRCONSTANCES...
MAIS CE N'EST PAS DE SA FAUTE, C'EST JUSTE SON TRAVAIL.
ÇA A DÛ SE PASSER AVANT QUE JE REPRENNE LA BOUTIQUE.
IL NE M'EN A PAS PARLÉ QUAND JE L'AI VU AU CAFÉ, LA DERNIÈRE FOIS...
DU COUP, JE N'AI PAS ABORDÉ LE SUJET MOI NON PLUS.
PFIOU
CES MARQUES SUR LE PILLIER... ÇA FAIT REMONTER DES SOUVENIRS.

FCHHH
FCHHH
……
SNIP
JE NE SAVAIS PAS QU'IL ÉTAIT DÉJÀ VENU IL Y A LONGTEMPS.
SNIP
Est-ce qu'il m'a approché...
Parce qu'il savait qui j'étais...?
JE LUI DEMANDERAI LA PROCHAINE FOIS QUE JE LE VERRAI !
SNIP
Non, j'ai tout oublié de cette histoire...
Donc ce n'était probablement rien de spécial.
BZZZT

Kyosuke Akutsu
Bzzzzt
Me rappeler
Message
!
ATTRAPE
ALLO ?
On peut parler ?
OUI.
QU'Y-A-T-IL ?
Euh...
Tu peux sortir, un instant ?
Juste devant ta porte, ça suffira.
DEVANT MA PORTE ?
CRIIII

CLAC
ガチャ
...TU DÉBARQUES TOUJOURS COMME UN CHEVEU SUR LA SOUPE, TOI.
HA HA. C'EST PAS FAUX.
JE RENTRAIS CHEZ MOI, ET J'AI EU ENVIE DE TE VOIR.
HEIN ?
T'ES BIZARRE AUJOURD'HUI.
PEUT-ÊTRE, OUI.
SI TU T'EN RENDS COMPTE, ALORS...
!?

SERRE
AKUTSU...
LAISSE MOI JUSTE TE PRENDRE DANS MES BRAS.
JE NE FERAI RIEN DE PLUS.
JE SERAI PARTI DANS UNE MINUTE.

APRÈS ÇA...
JE TE FOUTRAI LA PAIX.
HEIN..!?
ON M'A RETIRÉ DU PROJET DE RÉAMÉNAGEMENT.
QUOI..?
SI SOUDAINEMENT..?

...DÉSOLÉ.
JE NE PEUX PAS ENCORE T'EN DIRE PLUS.
Il a l'air si perturbé.
AKUTSU...
J'ai toujours cru qu'il était si difficile de lire en lui.
Mais là... Je vois qu'il y a quelque chose qui le préoccupe.
Je vois la douleur qu'il éprouve.

SST
TU ES SÛR QUE ÇA IRA...?
NATSUKI ?
JE N'IRAI NULLE PART.
JE SERAI TOUJOURS AU CAFÉ.
N'EN FAIS PAS TROP, D'ACCORD ?
...JE FERAI TOUT MON POSSIBLE POUR QUE LE RÉAMÉNAGEMENT SE PASSE BIEN POUR TOI...
TOUT CE QUE JE DEMANDE DE TA PART, C'EST UN PEU DE TEMPS.

Deux semaines plus tard.
ÇA FAIT UN MOMENT QU'AKUTSU N'EST PAS VENU, PAS VRAI ?
IL EST PROBABLEMENT TRÈS OCCUPÉ.
?
En plus...
CET ENDROIT EST BIEN PLUS SYMPATHIQUE SANS SA MINE DÉPRIMÉE.
OH, POURTANT VOUS ÉTIEZ SI PROCHES TOUS LES DEUX.
Fermé
CLANG
ガチャ
IL N'EST PAS VENU AUJOURD'HUI NON PLUS.
«Tout ce que je demande de ta part, c'est un peu de temps.»
On a échangé nos numéros.
CLIC
パチン

DOMMAGE QU'IL N'AVAIT PAS D'ARDOISE...
ÇA AURAIT PU ÊTRE UN BON PRÉTEXTE POUR L'APPELER.
GNN
......
...*SOU-PIR*
BZZZZZT
HMM ?
BZZZT
QUI ÇA PEUT BIEN ÊTRE À CETTE HEURE-CI ?
FLAP
OUI ?
ALLO ?

...Natsuki ?
C'est Akutsu...
QU-QU'EST-CE QU'IL Y A ? TOUT VA BIEN ?
J'avais juste envie d'entendre ta voix, après tout ce temps.
Tu ne m'appelles jamais.
!?
MAIS, TU M'AS DIT...!
TU M'AS DIT D'ATTENDRE, DONC J'ATTENDAIS !
SOUPIR
Hé hé...

Tu n'as pas changé, tu sais ?
GRR
...JE PARIE QUE TU ES TOUJOURS AU BOULOT À L'HEURE QU'IL EST, PAS VRAI ?
Oh non, je suis en repos aujourd'hui.
TU APPELLES VRAIMENT JUSTE POUR ENTENDRE MA VOIX ?
HA HA
C'est ce que je t'ai dit, non ?
TU NE VEUX PAS VENIR À LA BOUTIQUE ?
Hmm... Pas mainte-nant.

OH...
MÊME SI JE TE DIS QUE J'AI ENVIE DE TE VOIR ?
......
C'est compli-qué...
Parce que quand je t'entends me dire ça...
JE ME SENS SI SEUL.

AT-TENDS.
OÙ ES-TU ?
FCHHH
FCHHH
EST-CE QUE TU ES PAS LOIN ?
Hein...!?
FCHHH
FCHHH
J'ai tellement de choses à lui dire...
AKUTSU !
FONCE
Et de questions à lui poser...

Je ne peux plus garder ça pour moi.
HAA
ざっ
CRIII
ざっ
CRIII
HAA
Et puis...
.....!
HAA
Il me manque tellement.
KYOSUKE ...!
HAA

DONC, NOUS DEUX...
ON S'APPELLE PAR NOS PRÉNOMS MAINTENANT, HEIN ?
OH...!
CRIII
JE NE SAIS PAS POURQUOI JE SUIS VENU...

JE N'AVAIS PAS PRÉVU DE TE REVOIR POUR LE MOMENT.
JE VOULAIS AVOIR LES IDÉES CLAIRES...
ET AVOIR VAINCU MES DÉMONS AVANT DE TE RETROUVER.
Y'A PAS QUE TOI QUI DOIS DÉCIDER DE TOUT, TU SAIS !
ÇA FAIT DEUX SEMAINES...! J'ÉTAIS SUPER INQUIET !

JE...
FCHHH
JE NE SAIS RIEN DE TOI, APRÈS TOUT.
JE NE SAIS PAS CE QUI VA SE PASSER AVEC LE RÉAMÉNAGEMENT.
FCHHH
JE SAIS QUE JE ME SUIS TROUVÉ PLEIN D'EXCUSES...
MAIS J'AI FINI PAR RÉALISER QUELQUE CHOSE PENDANT TON ABSENCE.
JE NE SUPPORTE PAS DE LAISSER PLANER CETTE TENSION SANS AVOIR UNE CHANCE DE DIRE CE QUE J'AI ENVIE DE TE DIRE.

TU ÉTAIS LA DERNIÈRE PERSONNE DONT J'AURAIS VOULU TOMBER AMOUREUX.
MAIS...
NATSUKI...
C'EST POURTANT LE CAS.

JE…
JE T'AIME, KYOSUKE.
OUAH !!
PLOUF
MAIS BORDEL !
NE TE JETTE PAS SUR MOI COMME ÇA !
PARDON.

MINCE.
JE VOULAIS TE LE DIRE EN PREMIER.
QUOI..?
SERRE
NATSUKI...
JE SUIS AMOUREUX DE TOI DEPUIS SI LONGTEMPS.

Maintenant que je suis adulte, j'ai réalisé quelque chose.
CHAPITRE 5
Ma famille était assez aisée...
Maman, j'ai eu la meilleure note à mon dernier contrôle.
CLING
カチャ
Mais nous n'étions pas heureux pour autant.
Oh, vraiment ?
Mais c'est juste la meilleure note de ton école, n'est-ce pas ?
Ce serait bien que tu aies la meilleure note à l'échelle nationale...
......
Oups !
TAP
VACILLE
BLING
ガシャーン

Désolé.
Oh non !
Ça va ?
CLING
Oui, ça va.
Je ne me suis pas coup-
Le sol n'a rien, n'est-ce pas ?
CLING
Quel dommage...
Ce vase était unique.
À plus !
À demain !
......

Ce jour-là...
Je n'avais pas envie de rentrer à la maison.
Je me suis mis à marcher sans but dans la direction opposée.
SOUPIRE
PLIC
PLIC
PLIC
PLIC
FSSSSH
Ouah !
FSSSH
Il s'est mis à pleuvoir si violemment.
J'espère que ça ne va pas trop durer.
DING

Des yeux aussi bleus que la mer...
Et des cheveux aussi brillants que le soleil...
Yo.
Tu veux pas entrer ?
Quoi...?
Mais...
C'est pas... Un café ?
Je suis qu'un gosse, c'est pas grave si je rentre ?
Moi aussi, je suis un gosse.
DING
Papa, on a un client.
Bonjour...

Tu es trempé.
OH
Natsuki, apporte-lui une serviette.
Ok.
C'est un étranger...?
Oh, je suis métis, mais j'ai été élevé au Japon.
Mais pas de souci, je parle japonais couramment.
à moitié allemand
TAP
TAP
Tiens.
M... Merci...
C'est ma tournée.
C'est moi qui dois la préparer.
FSSSSH
FIXE
Tu aimes les omurice ?
Hein ?

Et ça, c'est compris dans le repas...
CLING
De l'omurice fait maison...
Merci
J'espère que tu aimes le café au lait.
Tu as déjà bu du café ?
...Non.
Je l'ai adouci avec du sucre et du lait, mais il se pourrait qu'il soit encore un peu amer.
SLRRP
Le café est bien encore un peu amer...
!

Mais on dirait qu'il me réchauffe de l'intérieur.
Pfiou...!
C'était délicieux.
Hé.
PAR ICI PAR ICI
CRIIIII
キィ…
Qu'est-ce qu'il y a ?
Tu peux me mesurer ?
Qu'est-ce que tu veux dire ?

GRAT
Je fais toujours la même taille quand Papa me mesure.
Peut-être que si c'est quelqu'un d'autre qui le fait, ça sera différent ?
Et voilà.
La nouvelle marque
......
...C'est exactement pareil qu'avant.
Hé hé !
Ha ha ha.
Ta taille ne changera pas avec ça.
Oh, après tout...
Ok Maintenant je vais mesurer ta taille à toi.
Et pourquoi ça...?

GRAT
GRAT
Reviens...
Manger d'autres omurice.
Hein ?
SOURIT
Elles sont bonnes pour la santé.
C'était juste un petit quelque chose qui s'est passé il y a longtemps.
Mais sans aucun doute...
Natsuki et son père m'ont sauvé la vie ce jour-là.
Je ne l'ai jamais oublié.

JE SUIS PARTI DE CHEZ MES PARENTS PAS LONGTEMPS APRÈS ÇA, ET JE N'AI PAS PU REVENIR DANS TON CAFÉ.
MAIS J'AI FINI PAR ÊTRE ASSIGNÉ ICI POUR CE PROJET DE RÉAMÉNAGEMENT.
OH... JE VOIS...
JE SUIS CONTENT QUE CE NE SOIT PAS UN MAUVAIS SOUVENIR POUR LUI.
JE ME SOUVIENS VAGUEMENT D'UN TRUC COMME ÇA...
MAIS TU ES SI DIFFÉRENT, MAINTENANT.
ET BIEN, CETTE RENCONTRE A EU UN ASSEZ GROS IMPACT DANS MA VIE.
CRIII
どき
MAIS ASSEZ PARLÉ DU PASSÉ...
ぎし
BOBOM

MAINTENANT…
J'AIMERAIS QU'ON PARLE DE CE QUI VA SE PASSER ENSUITE.
JE PEUX… T'EMBRASSER, MAINTENANT, PAS VRAI ?
NON. A- ATTENDS.
…TU ES SÛR QUE C'EST BIEN MOI QUE TU VEUX ?
…OUI.

JE N'AI AUCUNE EXPÉRIENCE...
P-PEUT-ÊTRE QUE JE SUIS LE GENRE DE TYPE QUI COUCHERAIT AVEC N'IMPORTE QUI...
HÉ HÉ
JE TE CONNAIS BIEN.
HEIN...!?
TU N'ES PAS ASSEZ BON DRAGUEUR POUR ÇA.
J'ÉTAIS CERTAIN QUE TU NE ME DÉTESTAIS PAS.
J'EN ÉTAIS SÛR DEPUIS CETTE NUIT OÙ JE SUIS TOMBÉ SUR TOI DEVANT CE CLUB.
......!
DONC, TU M'AS MENÉ PAR LE BOUT DU NEZ...
!
BOBOM
C'ÉTAIT PAS SI MAL, PAS VRAI ?
SOULÈVE
JE VEUX ÊTRE CELUI QUI T'EMBRASSE...!

Hé hé !
BIEN SÛR.
HAA
SOUPIR
OK.
BOBOM
BOBOM
CRIII
ぎし…
BISOU
HAA

!?
POUSSE
SMACK
……!
SMACK
C'EST QUOI, ÇA…!?
SLCH
……!
SURSAUTE
AH
H-…
HÉ.
AT-TENDS…!
NON, JE NE VEUX PLUS ATTENDRE.
TU NE SAIS PAS À QUEL POINT ÇA A ÉTÉ DIFFICILE DE ME RETENIR DEPUIS QU'ON EST ALLÉS DANS CET HÔTEL.
HAA

Après avoir dit ça, il m'a embrassé...
NH..!
Délicatement.
SMACK
SLRP
UN BAISER SUFFIRAIT-IL À TE FAIRE BANDER ?
HMM..?
PEUT-ÊTRE BIEN QU'EM-BRASSER.. TE FAIT TE SENTIR BIEN...
HAA
HAA
FROTTE
AH..!
PRESSE
J-JE TE L'AI DIT.. JE N'AI AUCUNE EXPÉRIENCE.
MAIS TOI..
TU AIMES TANT QUE ÇA MA FAÇON DE T'EMBRASSER ?
......!

...JE PLAISANTE.
MOI AUSSI JE BANDE COMME UN TAUREAU.
BOBOM
どき
...REGARDE DANS CE TIROIR.
HMM ?
...IL Y A DU LUBRIFIANT.
J'AI JUSTE ACHETÉ ÇA PAR CURIOSITÉ...!
JE NE L'AI ENCORE JAMAIS UTILISÉ !
J'EN SUIS CERTAIN.
MAIS, JE NE PEUX PLUS M'ARRÊTER MAINTENANT. ÇA IRA POUR TOI, N'EST-CE PAS ?

HAA...
NATSUKI... ÇA VA ?
OUI...
C'EST ÉTRANGE COMME SENSATION...
HAA
AH...
AH !
SHLUP
SHLUP
DIS MOI SI ÇA TE FAIT MAL.
SHLUK
AH...!
HF...
NH.
AH !
AH !
SHLUP
AH !
KYOSUKE ...!
SHLUP
TU AS MAL ?
NON...
HAA
HAA

JE NE PEUX PLUS ATTENDRE...
DÉ-PÈCHE-TOI...
ROUGIIT
BOBOM
BOBOM
METS-LA MOI...
BOBOM
BOBOM
......!
GULP
OUAH.
TU ES IRRÉSISTIBLE.

AH…
POUSSE
SHLUP
…NGH !
AHH !
TREMBLE
TREMBLE
AH.
AH !
HAA
C'EST SI CHAUD…
C'EST DONC ÇA D'AVOIR SA BITE EN MOI…
BOBOM
HAA
TU ES ENTIÈREMENT À L'INTÉRIEUR…?
PAS ENCORE.
POUSSE
LÀ, ÇA Y EST.
SMACK
……!
TREMBLE

ON VA FAIRE DOUCEMENT...
HAA
OUI
HAA
AH !
AH !
BOUGE
ゆさ
AH.
OUI...!
BOUGE
ゆさ
OUI... C'EST SI BON !
POUSSE
ずっ
NH !
MN.
POUSSE
ずっ
TREMBLE
......!
LÀ ?
POUSSE
NH !
ENFONCE
AH...!
AH !
ATTENDS... UNE SECONDE !
TREMBLE
UN PROBLÈME ?
HAA
JE... JE VAIS JOUIR...
MAIS JE NE VEUX PAS... PAS ENCORE.
HAA

SERRE
ぎゅ
!
JE NE VEUX PAS QUE ÇA S'ARRÊTE.
BISOU
NATSUKI...
HAA
JE VEUX RESTER COMME ÇA, AVEC TOI, POUR TOUJOURS...
TOUT VA BIEN.
ON SERA ENSEMBLE POUR TOUJOURS.

ÇA NE S'ARRÊTERA JAMAIS.
SNIF
KYOSUKE...
MERCI.
JE T'AIME.
......!
ドキッ
BOBOM
J'AI L'IMPRESSION DE RÊVER.
AH !
ENFONCE

......!
AH !
AH...
SMACK
C'EST SI BON...
SHLUP
SHLUP
SQSH
AH !
FRISSONNE
JE... JE VAIS JOUIR.
HF
MOI AUSSI...
FAISONS-LE ENSEMBLE..!
SLAP
SLAP
AH !
SLAP
CRIIII
AH.
JE T'AIME...
HAA
KYOSUKE.
NATSUKI..!
MN !
NH !
SPURT
.....!
SPURT
SPURT
SPURT

BISOU
HM ?
ON AURAIT DIT QUE TU ÉTAIS À MOITIÉ ENDORMI.
HÉ HÉ !
CRIIII
OH.
C'ÉTAIT PRESQUE LE CAS.
QUOI ? C'EST PAS ENCORE LE MATIN ?
OUAH, TU ÉTAIS VRAIMENT À MOITIÉ ENDORMI.
FSSSSH
C'EST PAS ÇA, MAIS...

QUAND J'AI OUVERT LES YEUX, JE N'AI PAS PU VOIR AUTRE CHOSE QUE TES CHEVEUX.
SST
J'AI CRÛ QUE J'ÉTAIS ALLONGÉ EN PLEIN SOLEIL.
GLISSE
Hé bien...
PERSONNE DE BIEN RÉVEILLÉ N'AURAIT PU SORTIR ÇA AVEC UN AIR AUSSI SÉRIEUX.
OOH, TU FAIS TON TIMIDE ?

Beh...
TU SAIS, JE COMMENÇAIS À M'INQUIÉTER, POUR TOUT DIRE.
MAIS JE SUIS CONTENT QUE LES CHOSES AIENT BIEN TOURNÉ.
JE M'EN DOUTAIS DEPUIS LE DÉBUT.
Ah bon !?
C'EST IMPRESSIONNANT.
AKUTSU ÉTAIT EN FAIT NOTRE BIENFAITEUR CACHÉ, C'EST BIEN ÇA ?
ET OUI...
Kyosuke a trouvé quelque chose qui ne collait pas dans les données qui avaient été utilisées en tant que base pour ce projet de réaménagement.
Il a risqué sa place, en a parlé à des collègues et des supérieurs en qui il avait confiance, et leur a demandé leur aide.
Son entreprise a demandé à ce que tout soit revu.
Et le projet est maintenant de retour à la case départ.

JE NE PENSE PAS QUE CE RÉAMÉNAGEMENT SOIT UNE MAUVAISE IDÉE EN SOI.
MAIS...
JE NE VEUX PAS QUE LES CHOSES AVANCENT DANS LA MAUVAISE DIRECTION.
HÉ BIEN...
COUIC
JE NE LE VOYAIS PAS EN TANT QUE LANCEUR D'ALERTE...
DU COUP, ILS NE VONT PAS CONTINUER LEUR PROJET DE RÉAMÉNAGE-MENT.
MAIS ÇA VEUT AUSSI DIRE QU'ON VA DEVOIR FAIRE ENCORE PLUS DE PUB POUR RENDRE LA SANTÉ À NOTRE RUE COMMERÇANTE.
SNS
media
TADA !
BONNE IDÉE !
ET PUIS, VOUS NE SEREZ PLUS OBLIGÉS DE CACHER QUE VOUS ÊTES ENSEMBLE TOUS LES DEUX, MAINTENANT !
HEIN !?
CHUT ! PAS SI FORT.
ÇA VA, JE PENSE QUE LES HABITUÉS SONT DÉJÀ AU COURANT POUR VOUS DEUX.
HIHI.
DING
NATSUKI !
AH !
Oh
QUAND ON PARLE DU LOUP.

CLAC
JE LES METS OÙ, LES LÉGUMES ?
OH, DERRIÈRE LE COMPTOIR, S'IL TE PLAÎT.
D'ACCORD.
MERCI.
JE PRENDRAI MON CAFÉ COMME D'HABITUDE, S'IL TE PLAÎT.
ON N'A PAS ENCORE EU VRAIMENT L'OCCASION DE DISCUTER ENSEMBLE, AKUTSU.
ASSIEDS-TOI DONC.
OH, BIEN SÛR, MAIS D'ABORD...

JE VOUDRAIS TOUT SAVOIR DE VOS ANNÉES ENSEMBLE À L'ÉCOLE.
!
OH, BIEN SÛR.
ATTEN- DEZ UN PEU.
NE REMETTEZ PAS ÇA SUR LE TAPIS ! PARLEZ PLUTÔT DE NOTRE RUE COMMERÇANTE, JE SAIS PAS, MOI !
Excusez-moi ! Je pourrais ravoir du café s'il vous plaît ?
fin

CAFÉ POUR DEUX

HANA

www.boys-loves.fr

Traduit du japonais par Guillaume Quémar
Studio Graphique : Studio Pullo
Relecture : Lili
Responsable Editorial & Production : Tony Mr P

Dépot légal : Décembre 2023

ISBN 978-2-38276-379-7
ISSN 2743-4435

Imprimé par L.E.G.O. S.p.A.